Caroline Merola

La magie de Tonie Biscotti

Illustrations
de Caroline Merola

la courte échelle
Les éditions de la courte échelle inc.

Les éditions de la courte échelle inc.
5243, boul. Saint-Laurent
Montréal (Québec) H2T 1S4

Conception graphique de la couverture:
Elastik

Conception graphique de l'intérieur:
Derome design inc.

Mise en pages:
Mardigrafe inc.

Révision des textes:
Sophie Sainte-Marie

Dépôt légal, 2e trimestre 2002
Bibliothèque nationale du Québec

La courte échelle reconnaît l'aide financière du gouvernement
du Canada par l'entremise du Programme d'aide au développement
de l'industrie de l'édition pour ses activités d'édition. La courte échelle
est aussi inscrite au programme de subvention globale du Conseil
des Arts du Canada et reçoit l'appui du gouvernement du Québec
par l'intermédiaire de la SODEC.

La courte échelle bénéficie également du Programme de crédit d'impôt
pour l'édition de livres — Gestion SODEC — du gouvernement
du Québec.

Données de catalogage avant publication (Canada)

Merola, Caroline

   La magie de Tonie Biscotti

   (Premier Roman; PR125)

   ISBN 2-89021-573-3

   I. Merola, Caroline. II. Titre. III. Collection.

PS8576.E735M33 2002   jC843'.54   C2002-940606-4
PS9576.E735M33 2002
PZ23.M47Ma 2002

Caroline Merola

Née à Montréal, Caroline Merola a étudié à l'école des Beaux-Arts de l'Université Concordia. Aujourd'hui, elle est auteure et illustratrice de livres jeunesse et de bandes dessinées, et elle travaille pour différentes maisons d'édition du Québec et des États-Unis.

Caroline Merola est souvent invitée, pour parler de son travail et de la bande dessinée, dans des salons et des festivals au Canada et en Europe, ainsi que dans des bibliothèques et des écoles où elle rencontre des groupes de jeunes. Elle a reçu, en 1990, le prix Onésime, décerné à l'auteur du meilleur album de bandes dessinées au Québec, pour *Ma Meteor bleue*.

À la courte échelle, elle signe à la fois le texte et les illustrations de sa série Coco Bonneau, comme elle l'a fait pour l'album *Le trésor du bibinocolendi*, paru dans la série Il était une fois. Elle est également l'illustratrice des romans de la série Soazig de Sonia Sarfati, ainsi que de quelques albums de la série Il était une fois.

Dans ses temps libres, Caroline aime lire des romans policiers et jouer avec ses enfants, Béatrice et Olivier.

De la même auteure, à la courte échelle

Collection Albums

Série Il était une fois:
Le trésor du bibinocolendi

Collection Premier Roman

Série Coco Bonneau:
Coco Bonneau, le héros

Caroline Merola

La magie de Tonie Biscotti

Illustrations
de Caroline Merola

la courte échelle

Pour Isabelle, la petite fée

1
Une décision audacieuse

Quelle idée, quel éclair de bêtise a donc frappé Antonietta Biscotti ce matin? Pourquoi s'est-elle inscrite au spectacle de l'école?

Elle n'était pas obligée! À peine cinq ou six élèves de sa classe ont choisi d'y participer. Maintenant, il est trop tard pour reculer. Claude, son professeur, a écrit son nom sur la liste.

Antonietta ne sait ni danser ni chanter. Elle ne joue d'aucun instrument de musique. Parfois, dans la cour d'école, elle imite des personnages de dessins animés. Ses amies, Laurence et Yousra, se tordent de rire.

Jamais elle n'irait présenter ces folies devant la classe. Surtout pas devant l'unique, le merveilleux, le fabuleusement beau Marco Bonneau!

Marco Bonneau! Voilà pourquoi Antonietta a agi sans réfléchir.

Quand Claude a demandé aux élèves: «Qui désire participer au spectacle du 15 décembre?», Marco Bonneau a été le premier à lever la main. Antonietta, qui a toujours un oeil vissé sur lui, a levé la main encore plus haut. Passionnément.

Sans penser aux conséquences.

* * *

À la récréation, Laurence et Yousra sont impressionnées par le cran de leur amie. Yousra, surtout, frémit d'excitation:

— Je te trouve vraiment courageuse, Tonie! Moi, je n'oserais jamais.

Yousra se cache le visage entre les mains.

— Mon Dieu! Toute seule devant les autres élèves, je crois que je m'évanouirais!

Antonietta se fâche:

— Ça va, Yousra, merci de m'encourager!

— À propos, Tonie, qu'est-ce que tu vas faire? Tu vas chanter ou quoi?

Antonietta soupire:

— C'est ça, le problème. Je n'en ai aucune idée.

Laurence, qui jusque-là écoutait, silencieuse, intervient:

— Moi, je sais. Tu devrais présenter un numéro de magie.

— Un numéro de magie? s'étonne Antonietta. Mais je ne connais rien à la magie!

— Demande à ta grand-mère. Tu n'arrêtes pas de nous répéter qu'elle est une vraie sorcière!

2
Ma grand-mère est une sorcière

C'est vrai, grand-maman Maria est un peu sorcière. Elle n'a jamais transformé de petits enfants en crapauds ni préparé de potion magique. Mais elle possède d'étranges pouvoirs.

Elle peut, par exemple, lire dans les pensées. Si l'une de ses trois petites-filles dit un mensonge, elle le devine tout de suite.

Et, la plupart du temps, elle connaît la vérité.

Plus bizarre encore, sa grand-mère voit à travers les murs. Elle sait, sans regarder, qui fait quoi dans une pièce.

Un jour, Clara, la petite soeur d'Antonietta, a voulu mettre du sucre dans l'eau des poissons rouges. Grand-maman Maria lui a aussitôt crié de cesser ses âneries.

Clara n'en revenait pas!

— Comment as-tu su, grand-maman? Tu es en bas, moi en haut, et la porte était fermée!

Même Olivia, sa soeur aînée, redoute les pouvoirs de sa grand-mère italienne. Un matin, elle avait décidé de mettre sa jolie jupe mauve, très courte et très luisante. Quand sa grand-mère l'a vue passer, elle lui a jeté un regard plein de reproche:

— Tu ne t'habilles pas comme une demoiselle, Olivia. Tu te déguises en trapéziste! Et les trapézistes tombent parfois de haut. Souviens-toi, *bella mia*...

Olivia a tout de même porté sa jupe mauve. Mais toute la journée n'a été qu'une série de frustrations et de petits malheurs.

Olivia oublia son devoir dans l'autobus. Elle manqua la dernière marche de l'escalier et tomba de tout son long aux pieds d'Antoine, le plus beau garçon du collège. Et elle perdit son petit bracelet en or.

Depuis, elle est persuadée que sa grand-mère a jeté un sort à sa jupe. Elle n'a plus jamais osé la remettre.

Antonietta, elle, s'entend à merveille avec sa grand-mère.

Prise entre ses deux soeurs, Antonietta n'est la complice ni de l'une, trop grande, ni de l'autre, trop peste.

Ses parents travaillent fort et rentrent souvent tard. Alors, la plupart du temps, c'est à sa grand-mère Maria qu'Antonietta se confie.

C'est le cas, ce soir, où il est question d'amour et de magie.

— Tu sais, grand-maman, je crois avoir réagi trop vite. Je vais demander à Claude de rayer mon nom de la liste. Je ne suis pas capable de faire un numéro.

— Antonietta, *bella ragazzina*, tu as agi sous l'effet de la passion et ça me plaît. Veux-tu que je te dise? Voilà peut-être l'occasion de changer un peu les choses entre toi et Marco.

Antonietta est intriguée.

— Comment, grand-maman?

— Eh bien, tout simplement en faisant équipe avec lui.

Antonietta lève les yeux au ciel.

— Grand-maman! C'est à peine si on se dit bonjour une fois par mois. Cette année, j'ai la

chance qu'il soit dans ma classe,
mais il ne s'intéresse pas beaucoup à moi...

Puis elle ajoute en soupirant:

— Il est si mignon! Tu le
sais, toi. Tu le vois parfois au
coin de la rue. Comme il a de
beaux yeux! Et de jolis cheveux
tout ébouriffés! J'aimerais tellement l'impressionner! Je n'ai

aucun talent, j'ai des notes moyennes...

Grand-maman Maria réfléchit, ses gros sourcils froncés.

— Dans ce cas, *ragazzina*, prépare un numéro si merveilleux que ton Marco sera ébloui. Tu en es capable! Je t'aiderai, si tu veux.

Antonietta hésite. Pourtant, au fond, c'est tout ce qu'elle désire: se faire remarquer par Marco.

— Tu as peut-être raison, grand-maman. Et j'ai un mois pour me préparer.

Voilà. Sa décision était prise. Antonietta présenterait un numéro de magie comme personne n'en avait encore jamais vu.

Cette nuit-là, elle fit d'étranges rêves. Elle transformait des cailloux en gâteaux, ses amies en oiseaux. Elle s'envolait par l'une des fenêtres de la classe et personne ne parvenait à la rattraper. Pas même Marco.

3
Un petit mensonge

Pour bien se préparer, il faut bien se documenter.

Le samedi matin, Antonietta est l'une des premières à se présenter à la bibliothèque. Malheureusement, il n'y a que deux livres sur la magie. Deux misérables livres qui expliquent des trucs minables. Un bébé de deux ans pourrait les réussir.

En se dirigeant vers la section des adultes, Antonietta s'arrête brusquement. Ses joues s'en-flamment. Son coeur fait boum! Là, au bout de l'allée! Le garçon au manteau rouge et aux cheveux tout décoiffés, c'est Marco!

«Ce serait l'occasion rêvée d'aller lui parler, pense Antonietta. Par contre, il a l'air bien concentré. Je ne voudrais pas le déranger.»

Marco, qui sent une présence à quelques mètres de lui, tourne la tête. Il aperçoit Antonietta qui avance à pas de souris, le corps raide.

Il est un peu surpris.

— Euh... salut, Antonietta. Ça va?

— Oh, je... oui. Salut, Marco. Tu... tu prépares ton numéro, toi aussi?

— Hein? Non, je cherche juste un livre à lire.

Antonietta sent son coeur cogner dans tous les sens. Enfin!

Marco s'est adressé à elle! Et il a prononcé plus de deux mots!

— Qu'est-ce que tu feras, toi, Marco, pour le spectacle?

— Je préfère ne pas le dire. Je veux garder la surprise. En tout cas, ce sera très bon!

— Moi, tu sais, je présenterai un numéro de magie. De la vraie magie. Pas des trucs.

— Voyons, ça n'existe pas, la vraie magie!

— Bien sûr que ça existe! Tu seras étonné!

Marco et Antonietta restent côte à côte quelques instants encore, sans trop savoir quoi se dire.

— Bon, eh bien, au revoir, Antonietta.

— À lundi, Marco.

Antonietta se sent légère comme un papillon. Si elle

s'écoutait, elle danserait dans les allées de la bibliothèque! Est-ce possible? A-t-elle vraiment eu une conversation avec Marco?

Soudain, elle repense à ce qu'elle a dit. Elle a parlé de vraie magie? Mais c'est elle, la vraie nouille! Elle s'est vantée pour impressionner Marco... Maintenant, elle est prisonnière de son mensonge!

Pauvre Antonietta!

4
Le don caché d'Antonietta

De retour à la maison, Antonietta raconte sa mésaventure à sa grand-mère.

— Je suis découragée, grand-maman! Je n'ai trouvé aucun livre intéressant et Marco va croire que je suis folle!

Antonietta se prend la tête à deux mains.

— Mais non, *bellina*, tu l'auras intrigué, tout au plus. Tu t'es intéressée à lui. Les hommes sont toujours fiers de l'attention que leur porte une belle femme. Et puis comment peut-il être aussi sûr que la magie n'existe pas?

La grand-mère sourit mystérieusement. Elle se lève et ouvre l'une des portes basses du buffet. Elle en sort un gros livre doré. La couverture de cuir est craquelée et fendillée par endroits.

— Moi aussi, j'ai cherché, Antonietta. Je me suis souvenue de ce livre. Je l'avais reçu de mon oncle Eduardo quand j'avais ton âge. Il traite de magie. À la fin, il y a un chapitre fort intéressant. On y révèle les secrets pour réussir des tours extraordinaires.

Antonietta est tout excitée. Elle pose fébrilement le livre sur

ses genoux. Elle tourne les pages délicatement. Il est très beau, illustré de gravures anciennes.

— Grand-maman, ce livre est

écrit en italien! Je ne pourrai jamais le lire!

— Nous l'étudierons ensemble, *ragazzina*. Je t'aiderai à préparer ton numéro. Et, crois-moi, nous allons impressionner ton beau Marco!

* * *

Antonietta se met au travail. Tous les soirs, elle répète les gestes précis que lui enseigne sa grand-mère.

— Regarde-moi bien, *bellina*. Tu dois avoir une main innocente qui occupe toute l'attention du public. Pendant ce temps, l'autre main, coupable, manipule les objets en secret.

Grand-mère Maria est très habile. Mais Antonietta est surprenante. Elle apprend vite et ajoute parfois quelques fantaisies personnelles.

Au bout de trois semaines, elle peut faire sortir une dizaine de colliers multicolores d'une petite boîte vide. Entre ses mains fines, les boutons de bois se transforment en autant de bijoux argentés.

— Tu vois, lui dit sa grand-mère, tu pensais n'avoir aucun talent. Eh bien, tu es plus douée que moi, *ragazzina*!

Tous les jours, après ses devoirs, elle s'exerce et s'exerce encore. À table, elle s'amuse à faire disparaître une fourchette ou un biscuit.

Une semaine avant le spectacle, Antonietta présente son numéro à sa famille.

Tout le monde s'attend à une gentille démonstration. Quand ils découvrent ce dont Antonietta est capable, les quatre spectateurs sont renversés.

Même M. Biscotti, qui n'est pourtant pas très porté sur les compliments, est ému.

— Antonietta, ma fille, tu es une vraie artiste!

— Mon Dieu, oui! ajoute la mère. On dirait qu'elle a hérité des dons de Maria!

— Tonie, recommence le truc avec les bijoux, supplie Clara.

— Comment fais-tu? s'étonne la grande Olivia. Explique-nous!

Antonietta sourit.

— Impossible. Une magicienne ne dévoile jamais ses secrets…

* * *

Il ne reste plus que trois jours avant le spectacle. Après l'école, Antonietta épate ses amies avec quelques trucs faciles. Elle garde les plus difficiles pour la représentation de vendredi.

Laurence s'exclame:

— Tonie, explique-nous au moins le truc avec la dame de coeur!

Yousra ne peut s'empêcher de blaguer:

— Tonie, j'ai faim. Fais-moi apparaître une pizza!

— Et du chocolat, ajoute Laurence.

Soudain, Yousra montre du doigt le terrain de ballon-chasseur.

— Eh! mais c'est Marco que j'aperçois là-bas! Jette-lui un

sort, Tonie, pour qu'il vienne t'embrasser!

Les trois filles s'esclaffent.

«Ah, Marco, songe Antonietta, si tu savais la peine que je me donne pour toi.»

Comme par hasard, à ce moment, le jeune garçon se tourne. Il cherche des yeux les beaux yeux d'Antonietta.

5
Le grand jour

La veille du spectacle, Antonietta a le trac.

— Tu sais, grand-maman, si je rate mon coup, toute l'école rira de moi. Et Marco...

Grand-mère Maria l'interrompt:

— Pourquoi raterais-tu ton numéro, Antonietta? Tu épateras tout le monde, comme tu as épaté ta famille et tes amies. Et puis approche. J'ai quelque chose pour toi.

Elle sort de sa poche un petit objet rouge et brillant. Elle le glisse au creux de la main de sa petite-fille.

— Écoute-moi bien, *ragazzina*. Ce que je te confie est très précieux. C'est la broche en or que mon oncle Eduardo m'avait donnée à la fin de sa vie. Le rubis, au centre, est magique.

Antonietta est stupéfaite.

— Magique, grand-maman?

— Oui, magique. Il protège et donne confiance. Il réalise

aussi parfois les voeux. Mais tu dois n'en user que dans un but de bonté. Je te le prête pour demain.

Antonietta embrasse Maria.

— Oh, merci, grand-maman! Je sens que ce sera une belle journée. Merci!

— Oui, ce sera une belle journée, ma petite fée. Tu verras.

* * *

Le vendredi matin est arrivé. Il a neigé toute la nuit et il neige encore. Dans la cour d'école, beaucoup d'enfants sont fébriles. Le spectacle aura lieu après la récréation.

Antonietta a mis tout son matériel dans une boîte. Elle voit passer Marco avec un grand sac de sport. Quel genre de numéro va-t-il présenter?

Vient enfin le moment tant attendu.

Tous les élèves se dirigent vers le gymnase. Ils s'installent bruyamment sur les chaises de métal. M. Bellefleur, le directeur, monte sur scène pour présenter les premiers participants.

Pendant ce temps, derrière la scène, Antonietta et les autres attendent impatiemment leur tour.

Certains enfants ont apporté leur instrument de musique. Ahmed Amari et Mathieu Campano sont déguisés en clowns. Valérie Miron porte une robe fabuleuse, rouge et noir, pour danser le flamenco.

Antonietta est tellement énervée qu'elle en a mal au ventre.

«Je n'aurais jamais dû m'embarquer dans cette aventure! pense-t-elle. Je serais si bien, assise à regarder le spectacle. Et Marco qui n'est pas là. Peut-être a-t-il changé d'idée...»

Elle serre nerveusement la broche magique épinglée sur sa poitrine. Cela la rassure un peu de l'avoir avec elle.

Les uns après les autres, les élèves montent sur scène pour présenter leur numéro. La plupart chantent ou récitent un poème.

Antonietta retient son souffle. Ce sera bientôt son tour.

Soudain, un étrange personnage surgit du fond du corridor. Tous les enfants se retournent, étonnés.

De face, il porte un magnifique costume de loup et un masque aux oreilles pointues.

De dos, un autre masque lui couvre l'arrière de la tête. C'est un visage d'homme à grosses moustaches. Un masque de

chasseur? À sa ceinture, un fu-
sil de bois est accroché.

En s'arrêtant près d'Antonietta, le «loup-chasseur» croise
son regard et lui souffle, d'une
voix aimable:

— Salut, Antonietta. Bonne chance avec ta magie!

C'est Marco! Antonietta rougit de surprise.

— Oh! Salut, Marco. Ton costume est vraiment beau! Est-ce...

Antonietta n'a pas le temps de poursuivre. Les élèves de sa classe doivent se rendre sur la scène.

6
Le clou du spectacle

Mathieu et Ahmed sont les premiers à se lancer. Leur numéro, à moitié improvisé, fait crouler la salle de rire. Valérie danse très bien, malgré quelques difficultés techniques avec sa musique enregistrée.

À son tour, Marco marche d'un pas décidé jusqu'au milieu de la scène. Il s'arrête. Il parcourt la salle des yeux, l'air un peu perdu. Les secondes passent. Marco ne dit rien... Dans l'assistance, le malaise s'installe.

Antonietta comprend soudain! Marco ne se souvient plus de son texte!

Antonietta presse alors contre son coeur la broche de sa grand-mère. Elle marmonne avec ferveur:

— Marco, Marco, rappelle-toi ton texte! C'est mon voeu le plus cher. Allez, petite broche magique, au travail!

À cet instant précis, Marco se ressaisit et commence son histoire. Il interprète les deux per-

sonnages. De face, le loup. De dos, le chasseur. Le loup rencontre le chasseur dans la forêt. Ils s'insultent. Ils se battent.

Les élèves sont épatés. On dirait vraiment qu'il y a deux personnages! À la fin du numéro, le chasseur devient l'ami du loup.

L'histoire est toute simple, mais l'interprétation est stupéfiante! Les professeurs sont impressionnés, toute la salle applaudit.

Antonietta trouve Marco encore plus merveilleux. Cependant, elle n'a pas le temps de s'attendrir. Le directeur présente justement la prochaine participante:

— Voici Antonietta Biscotti et sa magie!

Antonietta roule courageusement sa petite table et ses accessoires sur la scène. Son mal de ventre est parti. Elle sait maintenant que les pouvoirs du rubis sont réels. Elle n'a rien à craindre.

Antonietta se lance. Elle garde toujours en tête les paroles de sa grand-mère: «Une main innocente et une main coupable.»

Elle n'est plus nerveuse. Elle est très concentrée. Elle fait ses gestes avec une rapidité étonnante. Les oh! et les ah! du public l'encouragent.

Les foulards de soie tournoient
dans les airs. Les colliers sortent
par magie de la petite boîte et
brillent de mille feux colorés.

Antonietta descend parmi les
élèves et les professeurs. Elle fait
semblant de trouver toutes sortes
d'objets insolites dans leurs
poches: un tournevis, une cuiller
à café, un dé à coudre.

Tout le monde rit quand elle retire la montre du directeur de la poche du chandail de son professeur.

À la fin du numéro, Antonietta fait apparaître un bouquet d'oiseaux de papier. Le public est ravi et l'applaudit. Les plus petits ne peuvent s'empêcher d'aller voir de plus près.

Antonietta est rose de bonheur. Jamais, au grand jamais, elle ne s'est sentie aussi fière et comblée. Pourvu que Marco n'ait rien manqué de sa performance. Pourtant, elle a beau le chercher des yeux, elle ne le voit pas.

7
La magie du coeur

Après son triomphe, Antonietta retourne dans les coulisses.

Enfin! Marco est là, avec ses amis. Il a enlevé son masque de loup et lui sourit.

Antonietta prend son courage à deux mains et s'avance vers lui.

— Salut, Marco. Je... je te félicite! Ton numéro était très bon. As-tu fait toi-même ton costume?

— Mon père m'a aidé, mais c'était mon idée. Tu as vraiment aimé mon numéro? Tu sais, au début, je ne me souvenais plus de mon texte! J'ai eu chaud!

Antonietta ment gentiment:

— Oh, je ne m'en suis pas aperçue.

— Une chance, tout m'est revenu, comme par magie!

Antonietta aimerait bien que Marco la complimente. Ce sont plutôt ses amis qui interviennent:

— Toi aussi, Antonietta, ton numéro était génial!

— Oui, tu es une vraie magicienne! Où as-tu appris ça?

— Ah! secret professionnel! répond malicieusement Antonietta.

Marco lui touche doucement le bras.

— Antonietta, je voulais te dire...

Il l'attire à l'écart.

— Ton numéro était extraordinaire! Tu m'as vraiment impressionné!

— Merci, Marco.

— Euh... Ce n'était pas de la vraie magie, hein? C'étaient des trucs…

— Peut-être que oui, sourit Antonietta en effleurant la broche de sa grand-mère. Mais ça ne veut pas dire que la vraie magie n'existe pas.

— En tout cas, Tonie, tu étais la meilleure… Je crois qu'on était les deux meilleurs!

Antonietta rougit jusqu'aux oreilles. «Il m'a appelée Tonie! C'est la première fois!»

Trop occupés par leur conversation, Marco et Antonietta ne

voient pas passer leur professeur. Claude sourit en apercevant ses deux élèves. Il se doutait depuis longtemps que ces deux-là étaient faits pour s'entendre. «Des tempéraments d'artiste», pense-t-il.

Ce soir-là, Antonietta mit du temps à s'endormir. Les événements merveilleux de la journée tourbillonnaient dans sa tête.

Quand elle s'assoupit enfin, elle rêva encore qu'elle s'envolait par l'une des fenêtres de l'école. Mais, cette fois, Marco s'envolait avec elle.

Et personne ne réussissait à les rattraper.

Table des matières

Chapitre 1
Une décision audacieuse....................... 7

Chapitre 2
Ma grand-mère est une sorcière 13

Chapitre 3
Un petit mensonge 23

Chapitre 4
Le don caché d'Antonietta 29

Chapitre 5
Le grand jour 39

Chapitre 6
Le clou du spectacle 49

Chapitre 7
La magie du coeur 57

Achevé d'imprimer
sur les presses de Litho Acme inc.